정세훈 시집

# 고요한 노동

시선 198

# 고요한 노동

인쇄 · 2024년 10월 10일 | 발행 · 2024년 10월 15일

지은이 · 정세훈
펴낸이 · 한봉숙
펴낸곳 · 푸른사상사

주간 · 맹문재 | 편집 · 지순이, 김수란, 노현정 | 마케팅 · 한정규
등록 · 1999년 7월 8일 제2-2876호
주소 · 경기도 파주시 회동길 337-16(서패동 470-6) 푸른사상사
대표전화 · 031) 955-9111(2) | 팩시밀리 · 031) 955-9114
이메일 · prun21c@hanmail.net
홈페이지 · http://www.prun21c.com

ⓒ 정세훈, 2024

ISBN 979-11-308-2179-5    03810
값 12,000원

본 도서는 홍주문화관광재단의 지원으로 발간되었습니다.

푸른사상
시선
198

# 고요한 노동

정세훈 시집

푸른사상
PRUNSASANG

시를 독학할 때부터 시 짓기에 앞서 '왜? 무엇 때문에? 어째서? 이 시를 지어야만 하는가' 라는 자문과, 그에 따른 목적을 염두에 두었다. 그 자문에 확실 명쾌한 자답을 얻지 못하고, 명확한 목적을 제대로 구하지 못했을 시에는 시를 짓지 않았다. 아울러, 나의 시 짓기는 절대로 시류와 영합하지 않겠다고 다짐했다. 이를 바탕으로, 세상을 사랑하며, 세상을 아파하며, 세상에 희망을 심기 위한, 나만의 시 짓기를 완성하자고 다짐했다. 어쩌면 생을 마칠 때까지 그 다짐대로 이루지 못할 수도 있겠지만, 그렇다고 실망하지 않고 성실하게 임하고자 노력하고 있다.

시 짓기는 항상 현실을 직시해야 한다. 이를 바탕으로 현재 현실의 불평등과 불의, 부조리함 등을 끌어안아 집요하게 발언해야 한다. 이는 시인과 시의 의무이자 목적이다.

시는 결코, 획일적이고 정형화된 교육의 테두리 안에서 틀에 박힌 문학 공부로만 이루어지는 것이 아니다. 그러한 신념으로 또 졸 시집을 세상에 내놓는다.

2024년 10월
정세훈

| 차례 |

■ 시인의 말

## 제1부

고요한 노동                          13

노동                               14

몸이 몸을 어루만진다                   16

꽃을 심는다                          18

울먹이는 저물녘                       19

노동자를 함부로 근로자라 말하지 말라       20

노동 이야기는 이제 그만하라 하지만        21

너덜너덜 걸레처럼 찢긴 살점이            22

춘하추동                            25

복사꽃 아픈 봄날                      26

대명천지야!                          28

찔레꽃 진다                          29

실감 나는 소리                        30

저녁                               32

밥줄 뺏긴 자리에 꽃밭이 들어섰다          34

인천의 흔적                          35

구조조정                            38

청천2동                            40

## 제2부

석기시대  43

골목  44

힐끗  46

기러기 떼  47

웃음 하나로만 살아가야 한다면  48

삐뚤어진 마음  49

고사목  50

흙비  52

고작  53

맹꽁이가 우는 밤  54

코스모스 꽃길  55

폭염  56

절벽에서  57

이 봄날 저 봄꽃이 피는 것은  58

사월 눈발  59

광천  60

팽나무 재  62

꽃다발  64

## 제3부

집안 청소      67

새해 다짐      70

최고의 미인      72

강심      73

달동네      74

장롱      75

뾰족 바위      76

미소      78

심야      80

이상한 눈      81

심사(心事)      82

밥다운 밥      83

건너편 공장      84

마음 편치 않은 날      86

## 제4부

밥통           89

광장의 시         92

그 이유를 말해주마    96

자본의 꽃 민주의 꽃    98

고려인의 왕, 김좌진    100

시가 되지 않겠습니다    104

시인 유덕선    106

여전히, 님은 민주의 선봉입니다    107

바람아 불어라    110

팔팔하고 창창한    112


■ 작품 해설

어렵고 지친 삶을 보듬어 싹을 틔우는 일 - 이병국    117

제1부

# 고요한 노동

살기 위한, 고요한 노동

어린 들고양이
인적 끊긴 들녘 풀섶에
잔뜩 웅크린 자세로
숨죽인 진을 치고 앉아 있네
풀섶 가 가시덤불 속
들쥐의 동태를
숨죽여 응시하고 있네

죽이기 위한, 고요한 노동

# 노동

나 죽어
뿌려질 곳을
정해놓았다.

정해놓은
그곳을
매 순간

몸속 깊이
간직하고
남은 생

뿌려질 곳
욕되게 하지 않고
더럽히지 않는

삶
살아야겠다고

다짐한다.

그리
살도록
인도해달라고

간절히
신께
기도한다.

# 몸이 몸을 어루만진다


몸이 몸을 어루만진다

눈물을 흘릴 수 있는 몸과
눈물을 흘릴 수 없는 몸이

수십 년 세월
닳고
헐거워지고
덜그럭거리며

서로 알아들을 수 없던 언어를
서로 알아들을 수 있는 언어로
소통하기까지
함께 늙고 낡아오며

변두리 골목 허다한 삶들의
한 끼 일용할 국수 가락을
뽑아내는

무언환생의 소통을 한다

늙은 국수공장 주인이
낡은 국수공장 기계를
눈물로
방울방울 어루만진다

# 꽃을 심는다

화사한 봄꽃 피어
더욱 막막한 봄날

내 것처럼 일했던
피땀 흘려 일했던

위장폐업 문을 닫고
흔적 없이 철거한

울타리가 둘러쳐진
공장이 있던 공터

가장자리
변두리에

노동을 하듯
꽃을 심는다

밥줄이 끊긴
꽃을 심는다

# 울먹이는 저물녘

이제, 자신이 기계의 부속이 되었다

60년 닳고 닳은
마모된 부속 구할 수 없어
부속마저 교체해줄 수 없는
국수 기계 부속이 되어
밀가루 반죽을 말아주고 있다

자신의 생
다할 때까지
부속이 되어
기계와 함께하고 싶다며
울먹이는 팔순 넘긴 주름 잡힌 노인

저물녘, 국수 가락을 뽑아내고 있다

# 노동자를 함부로 근로자라 말하지 말라

칠십 년대 노동자를 근로자라 말했지
노동자를 노동자라 말하면
불순 불온한 빨갱이 취급을 했지

졸지에 빨갱이가 되는 것이 두려워
노동자는 노동을 하면서
근로한다고 말했지
노동절을
근로자의 날이라 말했지

2015년 5월 1일 노동절 지금도
'노동'을 '근로'라고 우기는 세력
노동, 노동자, 노동절을
불순 불온한 빨갱이 취급하네

'스스로 알아서 일하는' 노동을
'시키는 대로 일하는' 근로로
폄훼하는 세상이여

노동자를 함부로 근로자라 말하지 말라

# 노동 이야기는 이제 그만하라 하지만

노동 이야기는 이제 그만하라 하지만
일기를 써놓듯 기록해둔다

자본보다 막막하고
권력보다 무서운
노동에 대한 주변들의 의식
끝내 넘어서지 못할
현실 노동의 암울함을 기록해둔다

견디고 버티고 쓰러졌다가 일어서고
견디고 버티고 쓰러졌다가 일어서는
사랑하지 않으면 아니 되는 노동들!

다치고 병들고 쫓겨나는
피땀 어린 삶
뼛속 깊이 도장을 새기듯

세상에 새겨둔다

# 너덜너덜 걸레처럼 찢긴 살점이

반백 년도 더 지난 1971년 겨울이었네
내 나이 열일곱 살이던 때이었네
에나멜 동선 제조 소규모 영세 공장에서
12시간 맞교대 야간 작업할 때이었네
새벽녘 졸음을 쫓느라 작업 현장에 틀어놓은
라디오 카세트의 볼륨을 한껏 높였네
'고오향이이 그으리워어도 모오옷 가아는 시이인세!'
카세트 녹음 테이프에서 흘러나오는
흘러간 유행가를 따라 부르며
몰려오는 잠과 싸우던 순간이었네
으아악! 으악!
신선반에서 단말마의 비명이
시끄러운 기계 소음 속을 뚫고
흘러간 유행가 소리를 뚫고
내가 일하고 있는 도장반까지 들려왔네
화들짝 신선반으로 달려갔네
아아!
눈앞에 벌어진 광경과 마주한
내 몸이 그 자리에 얼어붙었네

삼십 마력 모터에 연결된

안전장치 없는 신선기계

동선을 감는 여섯 개의

굵고 기다란 쇠꼬챙이 샤프트에

신선 작업하던 동료가

열일곱 살 동갑내기 동료가

동선과 함께 휘말려 있었네

작업복 깃이 샤프트에 말린 게 화근이었네

상황은 참혹하고 처참했네

아무렇게나 동선에 칭칭 감기고

샤프트에 꺾이고 찔린 몸

하얀 회칠을 한 공장 벽에

사정없이 검붉은 피를 뿌렸네

너덜너덜 걸레처럼 찢긴 살점이

작업복 밖으로 삐져나왔네

주루룩 내장이 흘러나왔네

사고를 당한 동료는 그 자리에서 즉사했네

다른 기계에서 작업하던 신선반 동료가

비명을 듣고 달려가

기계 스위치를 화급히 껐지만 때는 늦었네
기계에 손과 팔이 잘리고
전기에 감전되어 불구가 되는
이런저런 사고를 자주 보았지만
그 자리에서 즉사한 사고는 처음 보았네
슬픔이 치밀어 올랐네
분노가 치밀어 올랐네
슬픔과 분노가 너무 커서
반백 년이 지난 지금도
내 나이 일흔 가까이 된 지금도
기억을 어루만지면 목이 메이네

1971년 그때나,
2023년 지금이나,

하염없이 눈물은 쏟아지는데
도무지 울음소리가 나오지 않네

# 춘하추동

눈이 내리고 있었고, 얼음이 얼고 있었다.

황사가 불어오고 있었고, 개나리가 피고 있었다.

넝쿨장미 담벼락에 피어오르고 있었고, 매미가 울고 있었다.

국화꽃이 향기를 날리고 있었고, 은행나무 단풍 들고 있었다.

다시, 눈이 내리고 있었고, 얼음이 얼고 있었다.

공장 후문 옆
보도블록 위
'복직'이라 새겨진
그의 빛바랜 텐트 옆에서,

# 복사꽃 아픈 봄날

부당해고한 자본도 떠나고
위장폐업한 공장도 사라져버린
콜트콜텍 복직투쟁 연대 시 낭송하러
김포에서 부평으로 버스 타고 가는 길

서산 위로 기우는 저녁 봄볕이
나른하게 스며드는 차창 밖
장기리 어귀 양평해장국집 마당가
복숭아나무에 복사꽃이 피었다.

지난해 이맘때 우연히
이 길 지나면서
흐벅지게 만발한
꽃 매무새가 마냥 아름다워

저토록 많은
아름다운 꽃을 피우도록
복숭아나무를 키운 이는 누구일까

떠올려보고 상상해보았던 복사꽃.

김포에서 부평으로 가는 장기리에
순리에 따라 봄이 다시 돌아오고
복숭아나무 제철 맞이해
꽃을 피웠을 것인데

나는 어이 지난해와 달리
다시 흐벅지게 만발한
복사꽃이
마냥 슬프게 보이는 것이고

저토록 많은
슬픈 꽃을 피우도록
복숭아나무를 키운 자는 누구인가
되뇌고 되뇌는 것인가.

흐벅지게 만발한 복사꽃 아픈 봄날.

# 대명천지야!

대명천지(大明天地)야!

노동쟁의로 인해 막대한 손실을 입었다고
주장하는 사업주가
손해배상을 해달라고 제기한 소송.

주야로 밤낮없이 일해야 하는 것보다,
멀쩡하던 몸 야금야금 병들어가는 것보다,
처자식 제대로 먹여살리지 못하는 것보다,
너무 견디기가 힘들어서,

해고 노동자
그만 분신자살하고 말았단다.

바로 네 앞에서.

# 찔레꽃 진다

찔레꽃 꽃잎들이 진다
산천의 초목들이 한창
물오르고 꽃피는 입하(立夏) 무렵

꽃 진다 꽃 진다
지는 꽃잎들에
하늘하늘 산하가 흐느낀다

한 시절
아픈 향기로
하얗게 천지를 물들인 찔레꽃

지는 향기로
산천의 초목들을
푸르게 물들이는구나

복직투쟁 공장 울타리
하얗게 봄 몸살 앓은
누이들이 지는구나

# 실감 나는 소리

"이젠 투기 억제책이 먹혀들겠지."
"웃기네, 씨도 안 먹혀 들어갈걸."

혹자는 나이도 좀 들고 몸이 약해져서
혹자는 막노동이 아니라도 먹고살 만해져서
노동판을 떠나 살고 있는 옛 동료들을 만나
모처럼 저녁 식사 겸 술자리를 가졌다

빈 소주병이 늘어가고
동료들 거나하게 취해갈 때
늘 그래왔듯 도수 약한 청하 한 병
별도로 시켜놓고 홀짝거리고 앉아 있었더니
한 옛 동료 못마땅하다는 듯 따진다

"이보게, 옛날에 공장 다닐 적 말이야
새벽에 나랑 야간일 마치고 나오던 길에
소주를 유리잔에 나눠 물 마시듯 마셨잖아
그것도 단숨에 말이야

그런데 왜 요즘은 늘 그 모양으로 마시는 건가?"

"그때는 어디 우리가 술 마시고 싶어 마셨던가
야간 노동 위해
낮잠을 자려고 일부러 마셨던 거지
그렇게 억지로라도 낮잠을 자둬야
또 야간 일을 나갈 수 있었으니까 말이야
지금은 억지 낮잠을 자지 않아도 되는데
그렇게까지 술 마실 필요가 없잖은가
이제는 몸도 따라주지 않으니 주량대로 마셔야지."

"허허! 이 사람 듣던 중 정말 실감 나는 소리 한번 하는구
면."

# 저녁

"대출받느라 수고해서 특별히 만든 거야. 이뻐서."

세상과 후대에게
노동과 노동문학의 얼과 가치를
전하고 심어주기 위한
노동문학관 건립 자금 대출받고 온 저녁

동태에다가 꽃게 다리 쭈꾸미 무 두부
그리고 파 마늘 양파 버섯 고춧가루
온갖 양념 이것저것 집어넣은 찌개
모처럼 식탁에 바글바글 올라와
마구 입맛을 돋우는 진수성찬

소년공으로 어린 나이 때부터
공돌이로 멸시받아온 나처럼
소녀공으로 어린 나이 때부터
공순이로 멸시받아온 아내

진수성찬이 마냥 맛있지만은 않은
찌개에 결정적 뜨거운 양념을 첨가한다


"마지막 찌개일 수도 있어.
우리 앞으로 더 가난하게 살아야 하니까."

# 밥줄 뺏긴 자리에 꽃밭이 들어섰다

"이걸로 겨우 생계를 이었는데
밥줄 지킬 자리를 뺏겼다"

새벽 3시 이수역 7번 출구 부근
상인들이 장사를 끝내고 돌아간 사이
구청이 동원한 포클레인이
노점상을 기습적으로 철거했다

천막은 민생처럼 부서지고
찌그러진 천막 뼈대
장사에 쓰였던 식기
식자재들이 길바닥에 널브러졌다

밥줄 뺏긴 자리에 꽃밭이 들어섰다

# 인천의 흔적

결혼 전 갈산동에서 2년 정도 살았어
결혼 후
작전동 까치마을에서 3년
청천1동에서 17년
산곡동 백마장 입구에서 3년 살았어
고향 충남 홍성에서
소년공 되기 전 16년
귀향해서 2년
18년 살았으니까
살아본 햇수로 따져보니
인천은 홍성보다 더 고향다운 곳이네

이렇게, 인천에서 25년 정도 사는 동안

작전동 까치마을 입구 범일기업, 대조산업
작전동과 계산동 경계 지점 동양전기
청천동 음성나환자촌 양계장 초입 신명공업

만석동 인근 이천전기 하청공장 창신금속
등에서 12시간 맞교대 주야간 노동했어
노동법 조항 하나 적용받지 못하는
5인 미만 소규모 공장이었지

이렇게, 노동하는 동안

열다섯 번 이사했네
열 번은 월세방 하나
세 번은 전세방 하나
짊어지고 이사했네
리어카에 이사짐 싣고
비 맞으며 눈 맞으며
작전동 청천동 골목
이 집 문간방 저 집 문간방으로
집주인 맘에 따라 사정에 따라 이사했네
한 번은 14평짜리 청천아파트를 구입해서

한 번은 28평짜리 산곡동 대림아파트로
좀 더 넓혀 이사했네

이렇게, 이사하는 동안

내가 노동했던 공장들 사라졌어
나 살았던 월세방들 전세방들 사라졌어
흔적도 없이

이렇게, 고향 홍성으로 귀향해 시를 쓰는

내 진폐증으로 고스란히 스며든
인천의 흔적

# 구조조정

온 나라 안이 구조조정으로
온통 핏대를 세우고 있습니다.

정부는 어려워진 경제를 다시 세워 일으키려면
부실해진 기업들을 퇴출시키고
노동자들 감원도 시키는
전반적인 구조조정이 되어야 한다 하고
기업주들은 구조조정이 제대로 되려면
먼저 노동 인원을 감원해야 한다 하고
노동자들은 필요할 때 채용해놓고선
이제 와서 이럴 수 있느냐며 어찌하여
걸핏하면 우리들만 희생당해야 하느냐며.

그러나,
공단마을 가난한 우리 이웃들은
할머니나 아버지나 아들이나 손자나
전보다 더 살기가 어려워졌으니
우리 가정 구조조정 해야 한다며

가족을 퇴출시키자느니 식구를 감원하자느니
그런 핏대를 세우지 않고

그저, 서로 의지하며, 격려하며, 보듬으며
어렵고 지친 삶을 함께 살아내고 있습니다.

# 청천2동

방 하나에 부엌 하나 벌집들
꿀벌처럼 함께 살던 이웃들
뿔뿔이 흩어진 골목들

고향인 듯,

잊을 수 없는
잊힐 수 없는

내 연작시, '공단마을', 청천2동

제2부

# 석기시대

신문지 덕지덕지 장식으로 발라놓은
연탄구이 실내포장마차 '석기시대'엔
돌로 만든 석기는 하나도 없다
돌창과 돌도끼를
가위와 쇠젓가락이 대신하고 있다
무딘 석기 대신 날카롭고 예리한
금속기(金屬器)만이 존재하고 있는 '석기시대'
북적북적 실내 가득 연기 자욱하게 피우며
고기 구워 먹는 일에 열중하고 있는 이들
어찌하여 '석기시대'에서는
석기를 볼 수 없는 것인지
의아해하거나 따지지 않는다

# 골목

마주 보면 코 닿을 듯
가난한 골목

허리끈을 졸라매고
하루하루 버티어온 삶

국밥집 철물점
건너편 통닭집

그 옆의
창 낮은 이발소

부대끼며
옹기종기 살아온 골목

자본의 오진(誤診)
재개발 고질병에 의해

암 걸린 장기 잘라내듯

철거되어


이제, 서로 마주 볼

코마저 없어졌네

# 힐끗

힐끗

수년 동안 몸담아 일했던 곳을
단 몇 초 만에 지나쳐 가네

인천 만석동 만석부두 인근
내 마지막 노동판이었던

이천전기 변압기 제조 공장
흔적 없이 사라진 자리

주상복합 아파트 단지
정문 앞을

차창 밖으로
내다보며

다들 어디로 갔을까
어떻게 살고 있을까

지나쳐 가네

# 기러기 떼

왜 너희들은 날아가며 자꾸
무리를 짓는 거니

어째서 너희들이 날면
그렇지 않아도
붉게 보이는 석양빛이
더욱 빠알갛게 물들어버리는 거니

어찌하여 너희들이 날아가는 걸 보면
자꾸만 자꾸만
내 조마조마한 가슴속이
자근자근 저려오는 거니

날아가는 그곳은
정녕 살 만한 곳이니

# 웃음 하나로만 살아가야 한다면

우리가 생을
웃음 하나로만 살아가야 한다면

즐거울 때도 웃어야 하고
슬플 때도 웃어야 하고
그 언제나
웃음 하나로만 살아가야 한다면

반드시
꼭 그래야만 한다면,

우리는 지금보다 좀 더
함께
아파하며 울며
살아갈 수 있을 거야

# 삐뚤어진 마음

2002년 월드컵 경기를 성공적으로 치러냈다는
평가를 온몸에 받고 있는
상암 월드컵 경기장아!
너는 어떻게 생각하니?

월드컵 공원을 지나 난지도 '하늘공원' 가는 길
우뚝 솟아오른 네 모습을 바라보면서
또 하나의 '실패한 노동'이 만들어졌구나
넋 빠진 놈처럼 혼잣소리로 중얼거리는 나에게

당신의 마음이
삐뚤어져도 단단히 삐뚤어져
그리 보이는 것이라는
그녀의 눈총처럼
내 마음이
삐뚤어져도 단단히 삐뚤어져버린 것이니?

정녕,
너도 그렇게 생각하니?

# 고사목

곁가지 잔가지
모두 떨어져 나간
달랑 몸통만 남은
이름 모를 고사목(古死木)

휘어지도록 달고 살았던
잎새 하나
피우지 못하는
푸석한 몸통에

살아생전
애틋한 사랑만 가득 남겨놓아서일까
찬비 내리는
이 스산한 겨울 목

까치 한 마리
짝없이 홀로 날아와 앉아
날 저물도록

울어대네

언젠가는 저 죽은 몸통 아래
내밀한 뿌리로부터
애틋한 사랑을 담은
새싹 하나 다시 틔워내겠지

# 흙비

흙비가 내리고 있어요
흙비 내리는 지금 무슨 생각을 하시나요
흙비 내리는 지금 난 생각하고 있어요

지금쯤
그 어디선가

개나리가 한 잎 지고 있을 거라고
백목련이 한 잎 지고 있을 거라고
진달래가 한 잎 지고 있을 거라고

축축히
어두운 이 봄밤 적시며 지고 있을 거라고

# 고작

고작,

고만한 것에
그리 눈물이 나오느냐
한다

하지만,

월세방에서
전세방으로
이사하면서

자꾸 눈물이 나왔다

# 맹꽁이가 우는 밤

아버지 저세상으로 떠나신
어머니 병상으로 떠나신
아이들 장성하여 분가한
빈방들에
그리움이 가득 찬 밤

언제 어떻게 헤어질지 모르는
앞날을 알 수 없는
칠흑 같은 부슬비 부슬부슬 내리는
아파트 단지
울타리 후미진 곳

맹꽁이 가족이 운다
아버지가 운다
어머니가 운다
아들이 운다
딸이 운다

하염없이, 모두 한데 모여 운다

# 코스모스 꽃길

코스모스 지는 저녁나절
비에 젖은 병든 병아리

고사리 손바닥에 올려놓고

"왠지 자꾸만 눈물이 나와!"
"왠지 자꾸만 눈물이 나와!"

슬피 울었던

어느 한 중년 남자의
허물어진

고향집
싸리문 밖 코스모스 꽃길

# 폭염

삼베 적삼을 풀어헤치고
삼베 잠방이를 걷어붙이고
빛바래고 해진 밀짚모자로
얼굴을 가리고
밭둑가 늙은 호박 하나
베개 삼아 잠들었습니다

조금 전
막 따낸 듯한 담배 잎사귀
가득
실어놓은 지게,

그 그늘 아래에
벌러덩 누워

# 절벽에서

서로가
의지하고 있어서지
부둥켜
한 몸이 되어서지

오직
그것 하나뿐이지

한 그루의 나무와
한 덩이의 바위가
외딴 바닷가
깎아지른 아득한 절벽에서

해풍에 눈비에
굴러떨어지지 않고
한 시절 온전히
버틸 수 있는 것은

# 이 봄날 저 봄꽃이 피는 것은

이 봄날
저 봄꽃이 피는 것은,

아지랑이 아롱아롱한
졸음 오는 봄 언덕에

꽁꽁 얼어붙었던
겨울이 있었다고

뭉클뭉클 피는 거라네

# 사월 눈발

그 어느 누구는
낭만에 젖어 있으리라

한창 봄날 사월에
눈발이 내린다
때가 아닌 때에
눈발이 내린다
겨울이 한참 지나갔는데
눈발이 내린다

그 어느 누구의

손 시리고 발 시린
사월 눈발이 내린다

# 광천

광천아 내가 왔다 나 살러 왔다

천수만 거슬러 주름잡던 운저선 대신
광천장 안장날 드나들던 평저선 대신
장항선 무궁화호 기차 타고 왔다

차령산맥 야차산 자락 골드러시
금 캐던 도야광산 노동자
장배 어선 분주했던 독배 옹암포
뱃짐 다룬 항운노조 노동자
땀 배어 서린 광천아 내가 왔다

전통 토굴 새우젓 재래 조선김
금북정맥 최고봉 오서산 억새풀
품은 광천아 나 살러 왔다

열여섯 소년공 생가터 찾아오듯
오십 년 객지 시름 훌훌 털고

향기로운 노동자 땀 내음
흠뻑 적신 노동문학관 짊어지고

광천아 내가 왔다 나 살러 왔다

# 팽나무 재

꽃상여
구부정히 팽나무 재 넘는다

나를
기꺼이 낳아

한평생
비빌 언덕이 되어주신

등 굽은 어머니
주검을 싣고

소리 없이 젖어 드는
내 눈물인 양

촉촉이 내리는
봄비에 젖어가며

뉘엿뉘엿

꽃상여 팽나무 재 넘는다

# 꽃다발

미안하다

내가 오늘
돈으로
널

샀다는 것이

# 제3부

# 집안 청소

한가위 추석 명절
앞두고
깨끗하게
집안 청소를 합니다

오래전에 돌아가신
어머니 아버지
결혼해서 분가한
큰아들 작은아들

함께
오순도순 옹기종기
모여 살던
집안 청소를 합니다

이제
단둘이 남은 아내와
이곳저곳 구석구석

정리합니다

어머니 칠순잔치 때
형제들 부부 동반하여 찍은
기념사진 액자에 묻은
먼지를 닦아냅니다

며칠 전 하늘나라 간
반려견 몽실이가 투병하던
때 낀 자리도
말끔히 지웁니다

정리하면 정리할수록
닦으면 닦을수록
지우면 지울수록
더욱 간절해지는 그 흔적들

뭉클뭉클

되살아나

물밀 듯 밀려오는

집안 청소를 합니다

# 새해 다짐

매년 새해 아침이 되면
올 한 해는 좀 더 뜻 깊게 살아보아야지 하면서
건강을 좀 더 좋아지게 해보아야지 하고
돈도 좀 더 많이 벌어보아야지 하고
좋은 시도 좀 지어보아야지 하고
어찌했던 여러 면을 좀 더 여유로워지게 해서
불우한 이웃에게 눈길도 좀 돌려볼 수 있었으면 하고
매번 이러한 새해 다짐을 해왔던 것인데
그렇게 하고선 결국은 한 해가 다 가도록 그 다짐
육십 중반 나이 되도록 제대로 이뤄보지 못했던 것인데
그래서 올 새해 아침엔 그 새해 다짐이란 걸
아예 생각조차 하지 않으려 했는데,

현관 문 앞에
엎어져 있기도 하고
거꾸로 놓여 있기도 하고
포개져 있기도 한

식구들의 신발들이 일제히 고갤 쳐들고
밖으로 나서는 나를 빤히 내다보고 있다

그래
올해는 다른 건 말고
저 뒤죽박죽 놓인 신발들
가지런하게 해보아야겠다는
그러한 새해 다짐을 해보았던 것인데,

# 최고의 미인

미인 중에서도 최고의 미인이라는 미스코리아는
우선 외모만 하더라도 늘씬한 키에
각선미가 탁월해야 할 뿐만 아니라
얼굴 또한 이목구비가 뚜렷하고 아름다워
누가 보더라도 그 어느 것을 보더라도
정말 미인이구나 라는 생각이 들어야 한다는데

누가 보더라도
그 어느 것을 보더라도
결코 미스코리아가 될 수 없을 거라 생각이 드는
명진원 원아 여섯 살배기
곱사등이 미순이가 미스코리아가 되겠단다

활짝 웃으며
미스코리아보다 훨씬 더 예쁘고 아름답게
활짝 웃으며

# 강심

저토록 고요히 흐르기까지 그 얼마나 많은 것들을 휩쓸고
왔을까

# 달동네

물은 흔치 않아도
퍼주는
그 물맛은
꿀맛이네

# 장롱

이웃집 남이네가
새 집으로 이사 가면서
내다 버린 장롱을
소중히 챙겨 갑니다

서로가
맨몸뚱이 하나로 만났다는
순이 엄마
순이 아빠

순이가
중학교에 들어가기 전까지는
무슨 일이 있어도
내 집 하나 장만해놓아야 한다며

긁히고
상처 난
버림받은 장롱을
소중히 챙겨 갑니다

# 뾰족 바위

언제나 뾰족하고 삐딱하고 우울했다

누렇게 빛바랜 흰 무명 치마 우리 어머니
아주까리 밭둑 가 넙적 바위를
외돌아 물 길러 가시던 옹달샘

맑은 물에 그는
언제나 뾰족하고 삐딱하고 우울한
그림자를 깊고 길게 드리우곤 했다

한 바가지 두 바가지
어머니의 물동이에
샘물이 찰랑찰랑 차오르고

나는 물동이가 놓인 옹달샘
가슴팎에 두 손 짚고 엎드려
샘물을 마셔댔다

채 익지 않은 내 어린 가슴으로

그의 그림자가

벌컥벌컥 밀려왔다


뾰족하고 삐딱하고 우울한

그 뾰족 바위에

어느새 날아와 앉았는지


이름 모를 산새 한 마리 그림자도 함께 밀려왔다

# 미소

지하에서 지상으로 향하는 계단 중턱.

많고 많은 자리를 제쳐두고
하필이면
걸인 노파 코앞에서
저 짓거리를 하고 있단 말인가

젊은 거렁뱅이 한 놈이
손가락질을 받으며
걸인 노파 맞은편에 마주 앉아
동냥 짓을 하고 있다.

조금이라도 더 받고 덜 주려는
흥정으로
하루 종일 소란스러웠던
지하상가

파장한 셔터 문이 닫히고,

손가락질을 받던
젊은 거렁뱅이 한 놈
모은 동냥 모두를
고스란히

걸인 노파 동냥그릇에 담아놓고 간다.

# 심야

아들아
오늘 낮에
병상의 할아버지를 뵙고 왔단다
위암 말기 할아버지
발잔등이가
공처럼 부어 올랐더구나

헌데, 할아버진
곧 다시 내리겠지 곧 다시 내리겠지
하시며
그 부어 오른 발 만지작거리는
내 손을 꼬옥 잡아주시더구나

아들아
난 오늘 더 이상
아무 할 말이 없단다

# 이상한 눈

이상한 눈들이다

내가 양복 입고 넥타이 차고 나서면
이상한 눈으로 바라본다
내가 시를 쓰고 있다는 걸
이상한 눈으로 바라본다

작업복 입고
노동자로 살아갈 땐
이상하게 보지 않던
이상한 눈들이,
지금 나를 이상한 눈으로 바라본다

# 심사(心事)


집집마다의 대문에서
일제히 내달려 나가
부딪치고 뒤엉키고 부대낀
길들이

동구 밖 어귀에서 한 길이 되었다가

흩어져
다시는 만나지 아니할 것처럼
집집마다의 대문을 향해
내달려 들어간다.

# 밥다운 밥

일용할 양식을 위해
땀을 흘려 일한 후

밥상을 가운데 두고
식구들과 함께
오순도순 둘러앉아
따습게 먹는

한 대접의 뜨거운 국과
한 접시의 소박한 반찬과
한 그릇의 김이 나는 밥

먹고 난 후
참 잘 먹었다 위로받는

부담 없는 밥

# 건너편 공장

노동자가 공장이고
공장이 노동자인
건너편 공장을 내다본다
수시로 틈만 나면 내다본다
눈만 뜨면 버스길 건너 마주 보이는
노동자라 해야 사장과 공장장 단둘
어쩌다 일감이 넘치면
외국인 노동자 일당으로 불러들이는
노동문학관 맞은편에 자리 잡은
건너편 공장을 내다본다

현관문 창으로 내다보고
교육실 창으로 내다보고
숙식소 창으로 내다본다

일감이 있는가 없는가
일감이 많은가 적은가

내다본다

밤 늦도록
공장에 불 켜진 날이면
내가 마치 일감이 된 양
들떠 있다가도

휴일이 아닌데도
공장 문이 닫혀 있고
사장과 공장장 또한 보이지 않으면

극심한 외로움에 내다보지 않는다

# 마음 편치 않은 날

하인천역 건너 달동네
가난한 마을 지나

지인을 따라 간
정통 중국요릿집

참으로 오랜만에
고급 요리를 맛보았습니다

이것저것 대접받아
배불리 맛있게 먹었으나

지나친 호식이어서
마음 편치 않았습니다

제4부

# 밥통

밥 때문에 밥그릇 싸움이 대단하다.
밥그릇에도 질이 좋은 것이 있는가 하면
그보다 못한 것이 있다.
이왕이면 다홍치마라고
질 좋은 밥그릇을 차지하기 위해서
비 오는 날 미친 송아지
주인 무서운 줄 모르고
다 익은 보리밭에서 날뛰듯
그렇게 날뛰고들 있다나.

질 좋은 밥그릇이란 무엇이란 말이냐.
사기 그릇이냐, 스테인레스 그릇이냐, 법랑 세트냐,
돌솥비빔밥집에서 사용하고 있는 돌솥그릇이냐.
지금 무슨 소릴 하고 있는 건가, 답답하게.
밥그릇에는 금으로 만든 것도 있고
다이아몬드로 만든 것도 있을 텐데.
아니다. 그것보다 더 좋은 것이 있지 않더냐.

애를 써가며 퍼 담지 않아도

저절로 철철 넘쳐 흘러서

"내 잔이 지금 넘치고 있나이다" 하는 그런 밥그릇!

이 세상에 그보다 더 좋은 밥그릇이 어디 있더냐.


그 이름도 찬란한

'풀뿌리 민주주의' 라는 밥그릇을 만들어놓고

쟁탈전을 벌이느라

방방곡곡 고을고을 마을마을마다

옷바시* 집을 쑤셔놓듯 하지 않는가.


식솔들은 이미 안중에서

버려버린 지가 오래되었다.

온갖 비리와 반칙을 가하면서

사람답지 못하게 짐승처럼 싸운다.

밥그릇을 차지하고 나면 독식을 한다.

독식을 하다 체할지라도

먹다 남은 찬밥 한 술 제대로
상대편에게 나눠줄 줄을 모른다.

에라, 이 밥통들 같으니라구!

* 옷바시 : 땅속에 집을 짓고 사는 벌의 일종으로 아주 작으나 한 집에
  엄청난 숫자의 벌이 공생함. 건드리면 한꺼번에 모두 몰려나와 공격하
  는 무서운 벌떼.

# 광장의 시

역사의 진실은
민중의 피로 만들었고
역사의 거짓은
권력의 총칼로 만들었다네

1919년 3·1항일독립운동
1960년 4·19혁명
1980년 5·18민주화운동
1987년 6·10민주항쟁

피 서린, 피 서린, 피 서린, 피 서린,

친일권력
부정부패
군사독재
총칼의 광장

여전히

진실의 역사가 민중의 피로 물들고
거짓의 역사가 권력의 총칼을 찬양한
암울한 세월

2016년 11월
이 땅의 모든 시(詩)
수백만 촛불 되어
광장을 점령했네

어린아이여, 학생이여, 젊은이여, 늙은이여,
농부여, 노동자여, 회사원이여, 상인이여,

한 자루 촛불 되어
광장을 밝힌
당신들은
광장의 시!

역사의 거짓을 만들어온 총칼 앞에

언제나 역사의 진실을 만들어온
흘린 피, 피, 피,
피의 광장을 밝힌 촛불들

헛바람처럼 휘둘러오는 권력 앞에
꺼지지 말자고
서로가 서로의 심지 깊은 심지에
불붙여주며, 주며

광대하고 광활할
유구하고 영원할
신명 나고 흥겹고 목청 좋은
대서사시를 쓰고 있네.

제 아무리 강한 바람이라 하더라도
들풀들을 이긴 바람 없다고
쓰러뜨리려 하다가
쓰러뜨리려 하다가

일어서고

일어서는 들풀에

그만

소멸되어 버리고 마는 것이라고


권력의 총칼 앞에

민중이 피로써

역사의 진실을 만들었듯

민중의 촛불은


다시 불붙고, 다시 불붙는 것이라고

# 그 이유를 말해주마

알려고도 않는 너는
알고 싶지도 않겠지만
저항하고 투쟁할 수밖에 없는
그 이유를 말해주마

너에게는 어둠이 짙게 깔린 두메산골
첩첩산중 고갯길 같은 압도하는 아늑함이 없구나
나에게 아무 힘도 가할 수 없는 첩첩산중 고갯길에
압도되어 내 스스로 순응하는
그 아늑함이

너에게는 부슬비 내리는 어둑한 밤
공동묘지 무덤 같은 분위기가 없구나
나에게 아무것도 할 수 없는 공동묘지 무덤이
무서워 내 스스로 젖어가는
그 분위기가

너에게는 산 넘고 무덤을 지나

마을 어귀 성황당 같은 믿음이 없구나
나에게 아무것도 강요할 수 없는 마을 어귀 성황당이
미더워서 내 스스로 안도하는
그 믿음이

자본이여!

# 자본의 꽃 민주의 꽃

흔히들 말하지
자본의 꽃은 노동이라고
아니, 노동자라고
시인도 그리 생각하고
시도 그렇게 말하지

흔히들 말하지
민주의 꽃은 백성이라고
아니, 민중이라고
시인도 그리 생각하고
시도 그렇게 말하지

그리 말해온들

노동자가 민중이
그 어느 때 한 번이라도
꽃이 된 적 있었던가
꽃처럼 피어

꽃 대접 받아본 적 있었던가

그래도, 흔히들 말하듯
노동자를 꽃이라 말해야지
민중을 꽃이라 말해야지
자꾸 그리 말하다 보면
그 언젠가는 정말 꽃이 될 거야

천지에 없어서는 아니 될,
자본의 꽃 민주의 꽃이 될 거야

# 고려인의 왕, 김좌진

'적막한 달밤에 칼머리의 바람은 세찬데
칼끝에 찬 서리가 고국 생각을 돋구누나
삼천리 금수강산에 왜놈이 웬 말인가
단장의 아픈 마음 쓸어버릴 길 없구나'

그 누가
일제해방이라고 함부로 말하는가
친일(親日)이 친미(親美) 되어
주권민주를 압살해온
반역의 해방 침탈
아직도 진행되고 있는 오늘날

백야(白冶) 김좌진(金佐鎭) 단장지통(斷腸之痛)을
완전한 주권 해방
방해하는
이 땅의 잔존 왜구 친일이
죽여 밟고 서 있네

강한 자만이 살아남는 약육강식 제국주의 시대
우리의 주권을 침략자 왜구가 빼앗았지
1910년 나라가 망하기 직전
왜 영웅이 나와서 이 나라를 구해주지 않는가
한탄하던 우리 민족 앞에
구국의 영웅이 기적적으로 나타났으니
그는 바로 백야 김좌진 장군

열강에 독립을 호소하였으나
스스로의 힘으로 쟁취하라
거절당한 절망의 시대
3천만 민족이 소리 높여 만세를 외쳐도
독립은 저절로 찾아오지 않았으니
김좌진 장군이 등장한 것은 난세의 기적

고려시대 최영 장군이 태어난 곳
조선시대 이순신 장군이 성장한
영웅의 홍성 땅에서 태어난 김좌진

불과 15세에 집 노비들을 해방시키고
무상으로 땅을 나누어주었네
18세에 90칸 집을 학교 교사로 내어준
문무를 겸비한 호걸

기둥이 기울어버린 나라 구하는 길은
오직 무력밖에 없느니
독립군 양성 군자금을 모으다
친일 간자에 의해 왜구에 잡혀
서대문 감옥에서 옥살이했네

"사나이가 실수하면 용납하기 어렵고
지사(志士)가 살려고 하면 다시 때를 기다려야 한다"
정금(整襟)의 출옥시를 가슴에 새긴 간도 땅
1918년 12월 대한독립선언서에 서명하고
1919년 4월 상해 임시정부
북로군정서(北路軍政署) 총사령관이 되어
1920년 10월 청산리전투에서

왜구 1천 2백여 명을 사살한 민족의 영웅

그러나 이게 웬일인가
1930년 1월 24일 오후 2시
북만주 중동선 산시역 인근 정미소에서
왜구의 교묘한 농간으로
박상실(朴尙實)이 쏜 흉탄에 맞아 쓰러지고 말았다

장군의 나이 겨우 마흔한 살
유린당한 조국을 남겨두고 유명을 달리하였으니
애통하기 짝이 없는 일이구나
재만 동포의 슬픔이 극에 달한 날
중국인들도 함께 애통 애도했네

"고려인의 왕이 죽었다"고

# 시가 되지 않겠습니다
#### ― 전태일

시가 되지 않겠습니다
시는 희생과 헌신이 될 수 없습니다
시는 분신이 될 수 없습니다
시는 노동이 될 수 없습니다

1970년 11월 13일 오후 1시 30분
"근로기준법을 준수하라
우리는 기계가 아니다
일요일은 쉬게 하라
노동자를 혹사하지 말라"
근로기준법을 화형시키고
희생 헌신 분신한 님은
이 땅의 참다운 노동입니다

그러나,
50년이나 흐른 그 노동은
아직도
비정규직 노동으로

해고 노동으로
내몰리고 있습니다

그 노동 앞에
감히
시가 되지 않겠습니다
시가 되지 않고
님의 희생과 헌신이 되겠습니다
님의 분신이 되겠습니다

새로운, 이 땅의 노동이 되겠습니다

# 시인 유덕선

15세기 유학자 성삼문이 태어난 곳
충청남도 홍성 의로운 고을에
20세기 시인 유덕선이 태어났네

절신의 상징 성삼문의 시문집 『매죽헌집』
은덕의 상징 유덕선의 시집 『마른 가슴의 노래』
홍성 고을을 더욱 의롭게 하나니

성삼문이 충절로 조선을 풍미하고
유덕선이 어진 덕으로
대한민국 노동문학 얼을 풍미하네

성삼문의 충절은 유허비에
유덕선의 어진 덕은 노동문학관에
세세연연 깃들어 유구하게 전하네

조선시대에 이름 석 자 성삼문이 있었고
대한민국에 이름 석 자 유덕선이 있기에
의로운 고을 홍성이 더욱 찬란하네

# 여전히, 님은 민주의 선봉입니다
## ― 2019 인천민족민주노동열사 희생자 추모시

여전히, 님은 민주의 선봉입니다.
여전히, 님은 민주의 동지입니다.
여전히, 님은 민주의 투쟁입니다.
여전히, 님은 민주의 혈기입니다.
여전히, 님은 민주의 투사입니다.
여전히, 님은 민주의 희망입니다.

민중의 광장에
붉디붉은 뜨거운 피로
민주를 아로새긴 님이여!

민주로 소생하고
민주로 산화하여
민주로 영생하는 님이여!

광장의 심장에
광장의 머리에
광장의 몸에
여전히, 민주로 펄펄 살아 있는 님이여!

고백합니다.

2019년 10월, 우린
님이 흘린 피의 향기에 취했습니다.
술에 취하듯
마약에 취하듯
잘못 취했습니다.

민주를 위한 투쟁은
끝도 없고 한도 없는 것이라서
지속적이어야 하고
전투적이어야 하고
그 무엇보다
희생적이어야 한다며
광장에 쏟아놓은
님의 진정한 피의 향기에
제대로 취하지 못했습니다.
그리하여
민주를 위한 투쟁 앞에
자만하고 나태해졌습니다.
참으로 부끄럽고 죄송합니다.

이제 우리는
님이 흘린 피의 향기에

제대로 취하고자 합니다.
제대로 취하여서
제대로 된 민주를 위해
제대로 된 노동을 위해
제대로 된 민중을 위해
친미와 친일과 불의와 불평등의
정치와 권력과 자본과
다시 피 터지게 싸우겠습니다.

그 지난한 싸움에서
지속적으로 승리하여
민주를 굳건히
탄탄하게 다져나가도록
용기와 힘을 주소서.

여전히,
민주의 선봉인 님이여!
민주의 동지인 님이여!
민주의 투쟁인 님이여!
민주의 혈기인 님이여!
민주의 투사인 님이여!
민주의 희망인 님이여!

# 바람아 불어라
　— 노무현 대통령 추모시


바람아 불어라 다시 오월 숨통 막혔다
비껴가는 바람으로 에돌아 불지 말고
틀어막힌 오월 숨통 시원하게 뚫고 가라

다시 오월이구나.
신자유주의 장막이 하늘과 땅을 뒤덮은
다시 오월이구나.

오일육의 오월, 오일팔의 오월, 망월동의 오월,
민초들이 흘린 피가 울부짖는 이 오월의 신새벽.
봉화산 자락에서 초연히 일어난 한 줄기 바람아
쉬지 말아라 불어가는 것을 쉬지 말아라
너 일어난 바람의 씨는 수풀에서 지펴진 것이 아니다
너 일어난 바람의 씨는 초목에서 지펴진 것이 아니다
반만년 만고풍상을 받아낸
단단하고 우직한 바위에서 지펴진 바람아

불어,
가며가며 들녘을 만나거든 산들바람 되어 감싸주고

가며가며 고을을 만나거든 봄바람 되어 안아주고
가며가며 산하를 만나거든 훈풍 되어 따뜻해지거라
가다가 설령
오월의 숨통 틀어쥐는 우매함을 만나더라도
결코 삭풍으로나 광풍으로 불지 말거라
엎어지고 넘어지고 꺾이고 무너지는 한이 있더라도
다시 일어서는
온화한
바람으로 불어라

불어가는 세월 반만년이 아니라
만 년이 된다 해도 수만 년이 된다 해도 그리 불어가다오
가는 것을 멈추지 말고 그리 불어가다오
봉화산 자락 부엉이바위에서 초연히 일어난
바람아 불어라 다시 오월 숨통 막혔다

## 팔팔하고 창창한

하나밖에 없는 아들, 한 번도 속 썩인 적이 없는 아들, 착한 아들을, 죽였다

스물넷 나이 피 뜨거운 팔팔하고 창창한 우리의 아들을 죽였다

누가 죽였는가 누가 죽였는가라고 이 주검 앞에 깨달으려 하지 말고 묻지 말라

깨달을 여지조차 없고 의심할 필요조차 없다. 살인자는 명명백백하노니

아들의 주검 앞에 너도 죽고 나도 죽고 우리 모두 함께 죽었다

살아 있어도 살아 있는 게 아니다 이 나라도 죽고 세상도 죽었다

자본, 권력, 정권, 정치가 결탁 합세한 살인 놀음에 죽임을 당했다


이 마당에 슬픔이 남아 있는가 눈물이 남아 있는가

이 마당에 어인 슬픔과 눈물의 추모시란 말이냐

아아 나의 추모시여 무어라 시를 써야 하느냐

인간이 있고, 인간답고, 삶이 있고, 사랑이 있어야 하는,

자리에
　자본만 있고, 기계만 있고, 정치만 있고, 그들의 놀음판만, 가득하여
　가슴 도려내는 슬픔과 눈물의 추모시마저 설 자리가 없다
　하여 그 자리에 분노와 선동과 투쟁의 추모시를 새긴다


　서부발전 태안화력발전소 운송설비 점검 김용균 비정규직 외주노동자여!
　엄마는 아들이 죽임을 당한 곳을 처음부터 끝까지 다 살펴보고 말문이 막혔다
　감당할 수 없는 작업량과 열악한 환경이 얼마나 힘들게 했는지
　이런 곳에 우리 아들을 맡기다니 이런 곳으로 우리 아들을 보내다니 끔찍했다
　이렇게 열악하고 무서운 곳에서 일한다고 생각을 못 했다
　분탄 가루 날리는 좁고 어두운 곳 6킬로미터 구간 작업을 혼자서 해야 했다니
　그냥 걷는 것도 힘든데 낙탄을 치우며 가야 했다니
　좁은 통로 물웅덩이 사이 곡예하듯 움직여야 했다니

고속 회전체 살인 병기 700미터의 기나긴 컨베이어 벨트를
기어서 넘나들었다니

　플래시를 켜야 겨우 뿌옇게 보이는 앞 공간
　그 안에 머리를 집어넣어 석탄을 꺼내야 하는 곳
　벨트에 이물질이 끼었는지 상체를 깊숙이 집어넣어
　기계를 살펴보며 소리를 들어야 하는 곳
　천장이 낮아 엉금엉금 설설 기어가야 하는 곳
　작업복 깃이 벨트에 물리면 빨려 들어가 죽어갈 수밖에 없
는 곳
　기계의 부속품 소모품이었더란 말이냐
　이 노동자가 죽고 나면 저 노동자를 채워 넣고
　반복으로 열두 명의 노동자를 죽인 곳

　홀로 현장 점검을 위한 순찰 업무를 해야만 했던 너는 외주
비정규직
　석탄 이송 컨베이어 벨트에 끼여 숨진 채 발견되었다
　죽은 시간조차 정확히 알 수 없다
　머리는 이쪽에, 몸체는 저쪽에, 등은 갈라져 타버린 채 벨
트에 낀 주검
　정규직도 필요 없으니 죽지만 않게 해달라

문재인 대통령, 비정규직 노동자와 만납시다라는 피켓을 들고
　　안전모와 방진마스크를 쓴 인증사진 속 진지한 너의 눈빛!

　　단호하구나 단호하게 분노하고 선동하는구나
　　정규직화해 달랬더니 다수의 경쟁 외주처 만들어
　　허울 좋은 가짜 정규직으로 고용하게 하는
　　외주처 간 경쟁을 부추겨 기존의 비정규직보다
　　열악한 작업 조건과 임금 작업 환경으로 내몰아
　　젊디젊은 생목숨 빼앗아가는
　　자본, 권력, 정권, 정치에 맞서 투쟁하라!
　　민주노총이여!
　　정규직 노동자여!
　　비정규직 노동자여!
　　외주 노동자여!
　　하청 노동자여!
　　시간제 노동자여!
　　변형근로제 노동자여!
　　이 나라 이 땅의 모든 노동자여!
　　한 몸 되어 함께 투쟁하라!
　　단결 연대 투쟁하라!

피 터지게 투쟁하라!
자본과 권력 정권 정치를 위해
기계에 끼여 피 터져 죽느니
사람다운 세상을 위하여
인간다운 세상을 위하여
차라리 피 터지게 투쟁하다 죽자
죽어, 토실토실한 감자알을 주렁주렁 매달고
다시 살아날 수 있는 씨감자가 되자
그 길을 위해 상처를 입자
상처도 혈서를 쓰듯 새끼손가락 하나 깨물어
피만 조금 내는 그러한 조그마한 상처가 아니라
적어도 두서너 번은
성한 몸뚱이 온전히 절단당하는
그야말로 치명적인 상처를 입자
상처 입은 몸 미련 없이 푹 썩히어
새싹을 틔우고 새 줄기를 내리고
끝내는 새 감자알을 키워 나가는
감자밭 이랑에 비로소 묻히자
노동이 더불어 모두 함께 사는 길은 오직 그 길 투쟁뿐이다
라고
단호하게, 분노하고 선동하는구나!

# 어렵고 지친 삶을 보듬어 싹을 틔우는 일

이병국

## 여전한 세계

2018년 12월 11일 새벽 3시 23분, 한국서부발전 태안발전본부, 일명 태안화력발전소에서 발전설비 운영과 유지·보수를 담당하는 하청업체 한국발전기술 소속의 김용균 씨가 발견되었다. 같은 하청 소속의 이인구 씨는 전날 밤 9시 20분 조금 지나 통화한 김용균 씨와 연락이 되지 않자 새벽 1시쯤 다른 동료들과 함께 흩어져 용균 씨를 찾아다녔다. 그러다 "플래시를 켜야 겨우 뿌옇게 보이는 앞 공간/그 안에 머리를 집어넣어 석탄을 꺼내야 하는"(「팔팔하고 창창한」) 트랜스퍼 타워 TT 04C에서 컨베이어 벨트에 끼어 몸이 찢긴 김용균 씨를 발견했다. "분탄가루 날리는 좁고 어두운 곳 6킬로미터 구간 작업을 혼자서 해야 했"(같은 시)던 비정규직 외주노동자 고(故) 김용균이 한국서부발전 "기계의 부속품 소모품"이 되어 유명을 달리하고 만 것이다. 그로부터 3년 뒤인 2021년 12월 21일, 법정 결심공판이었던 10

차 공판에서 원·하청 법인은 각각 1,000~1,500만 원, 하청 대표이사를 포함한 원·하청 피고인들 13명은 벌금 또는 집행유예 선고를 받았다. 한국서부발전 원청 대표이사는 무죄 선고를 받았다. 사람이 죽는 중대재해가 발생했음에도 실형은 한 명도 받지 않았다. 태안화력발전소 사고와 이후 산재 사망 사고로 정치권이 움직이고 고(故) 김용균 씨의 모친이 단식투쟁까지 벌이겠다고 나서면서 중대재해 처벌법은 2021년 1월 8일 국회 본회의를 통과하여 1월 27일부터 시행되었다.

과거에 비해 사고사망만인율(‰)이 줄었다고 할 수는 있겠지만, 여전히 한국은 하루에 평균 2명 이상이 산재 사고로 목숨을 잃고 있다.(산재보험 유족급여 지급 승인을 기준으로 2023년 사고사망자는 812명으로 전년(874명)보다 62명 감소했다.) 정세훈 시인은 고(故) 김용균을 추모하는 시 「팔팔하고 창창한」에서 그의 죽음을 "자본, 권력, 정권, 정치가 결탁 합세한 살인"이라고 명확히 밝힌다. 이 시에는 "인간이 있고, 인간답고, 삶이 있고, 사랑이 있어야 하는, 자리에/자본만 있고, 기계만 있고, 정치만 있고, 그들의 놀음판만, 가득하여/가슴 도려내는 슬픔과 눈물의 추모시마저 설 자리"를 잃는 상황에 대한 비탄과 울분이 가득하다. 이러한 정동의 기원에는 시인의 1971년의 경험과 노동자로서의 정체성이 놓여 있다. 「너덜너덜 걸레처럼 찢긴 살점이」에서 정세훈 시인은 1971년 겨울, "열일곱 살이던 때" "에나멜 동선 제조 소규모 영세 공장에서/12시간 맞교대 야간 작업"의 풍경을 형상화한다. "흘러간 유행가를 따라 부르며/몰려오는 잠과 싸우던 순간" 들려온 비명소리에 달려간 시인은 신선반 작업 현장에서 "열일곱 살 동갑내기 동료가/동선과 함께" 샤프트에 말려 들어가 "즉사한 사고"를 목격하고 만다. 그때의 "슬픔과 분노가 너무 커서/반백 년이 지난 지금"까지 이어져 "목이 메"인다. "1971년 그때나" 2018년의 태안화력발전소나 SPC 그룹 산하 제빵공장에서 벌어진 기계 끼임 사망 사고가 일어난 "2023년 지금이나" 리튬전지 업체 아리셀에서의 참사가 벌어진 2024년이나 시인의 "슬픔과 분노"를 유발하는 일은 끊이지 않고 일어난다. "사람다운 세상을 위하여/인간다운 세상을 위하여"(「팔팔하고 창창한」) 투쟁을 이어온 시간은 무의미한 것일까. 당연히 그렇지 않겠지만, 그럼에도 회의가 드는 것도 사실이다. 그만큼 신자유주의적 자본주의의 착취와 폭력은 여전하기만 하기 때문이다.

## 적대와 혐오를 넘어

정세훈 시인의 시집 『고요한 노동』은 이러한 시대적 정황에 기반하여 쓰여졌다. 1989년 『노동해방문학』에 첫 시를 발표한 이후부터 지금까지 지속하고 있는 시인의 시적 수행은 이번 시집에 실린 '시인의 말'에서 언급하다시피 "세상을 사랑하며, 세상을 아파하며, 세상에 희망을 심기 위한, 나만의 시 짓기"와 "현실의 불평등과 불의, 부조리함 등을 끌어안아 집요하게 발언"하고자 하는 "시인과 시의 의무"를 분명하게 드러낸다. 나아가 "어루만져주지 않으면/안 되는/상처난 곳//그곳으로/온

몸"(「몸의 중심」, 『몸의 중심』, 삶창, 2016)을 움직여 더불어 살아가는 이들의 곁을 지키고 있다.

　시인은 그의 고향인 충남 홍성에 2020년 8월 노동문학관을 개관했다. 뜻 있는 이들의 후원금이 있긴 했지만, 대부분 시인이 사비를 들여 건립한 노동문학관은 기왕의 노동문학을 조명하고, 노동문학이 향후 유구토록 한국 사회의 올바른 길잡이의 역할이 되도록 하는 등의 것을 목표로 삼고 있다.(물론 노동문학에 문학을 제한하지는 않는다.) 이는 정세훈 시인의 그동안 보여준 시적 수행을 또 다른 문학적 실천의 층위에서 구현한 것이라 할 수 있다. 시인의 이러한 행보는 1930년대 카프나 1980년대 노동문학의 형식을 낡은 것으로 치부하는 요즘 세태에 경종을 울리는 일이기도 하다. 물론 근래의 노동문학이 노동자 개인의 경험에 기반하여 쓰여지고 사회 변혁에 대한 기대와 투쟁보다는 분화된 노동의 양태를 드러내는 양상으로 변해가고 있다고 하더라도 정세훈 시인이 행하고 있는 실천의 모습은 노동과 삶이 구분되지 않아 일상까지 신자유주의적 자본주의의 착취 메커니즘의 대상이 된 상황에서 숙고해야 할 일임은 분명하다. 산업자본주의에서 금융자본주의로의 이행이 이루어진 요즘, 금융 부채를 갚기 위해 일하는 모든 이들이 노동자인 상황에서 노동문학은 그 범주를 전통적 의미의 노동에 제한하는 것을 넘어 플랫폼 노동자를 위시한 탈장소화되고 개인화된 노동의 사회적 관계를 회복하고 연대할 수 있는 방향으로 나아가야 한다. 이를 위해서 필요한 것은 어쩌면 노동에 대한 인식의 전회인지도 모른다. 표제시를 보자.

> 살기 위한, 고요한 노동
>
> 어린 들고양이
> 인적 끊긴 들녘 풀섶에
> 잔뜩 웅크린 자세로
> 숨죽인 진을 치고 앉아 있네
> 풀섶 가 가시덤불 속
> 들쥐의 동태를
> 숨죽여 응시하고 있네
>
> 죽이기 위한, 고요한 노동
>
> ─「고요한 노동」 전문

"살기 위한" 노동에서 "죽이기 위한" 노동으로의 전회는 무엇을 의미하는 것일까. 시인이 응시하는 "어린 들고양이"의 저 노동의 형태를 무엇이라 말해야 할까. 알다시피 '노동'은 경제적 용어로 사람이 생활에 필요한 물자를 얻기 위하여 손, 발, 두뇌 등의 활동으로 이루는 일체의 목적을 가진 의식적 행위이다. 이를 시인은 "'시키는 대로 일하는' 근로"와 대비하여 "스스로 알아서 일하는" 것으로 노동을 본다(노동자를 함부로 근로자라 말하지 말라). 사회와 기업이 요구하는 수동적 근로자는 착취의 대상일 뿐이지만 노동자는 능동적으로 필요에 따라 일을 하는 존재라는 것이다. '근로'는 노동자의 능동성과 주체성을 폄훼하여 착취의 수단으로 존재를 전락시키는 기만적 용어인 셈이다. 그러나 노동이 아닌 근로를 내면화한 "주변들의 의식"은 "자본보다 막막하고/권력보다 무서운" 형태로 다가오며 시인에게 "끝내 넘어서지 못할/현실 노동의 암울함"으로 각인된다(「노동 이야기는 이제 그만하라 하지만」). 물론 주변의 언사가 이데올로기의 기만에 속아 발화되는 것만은 아닐 것이다. 그것은 오랜 시간의 투쟁 속에서도 변하지 않는 저 공고한 세계 앞에서 느끼는 절망의 다른 표현일 수도 있다. 사회적 강제로부터 교육받고 주입된 노동 개념에는 실제 인간의 삶이 누락되어 있기 때문에 혁명적이고 가시적인 변화를 불러오지 못하는 연대와 투쟁의 피로감으로부터 회피하려는 정동이 무의식적으로 발현된 것으로 볼 수 있는 것이다.

노동의 개념에 깃든 '사람'의 수행성을 삭제하고 본다면 「고요한 노동」에서 형상화된 들고양이의 노동은 삶을 위한 본능에 가깝다. 이를 착취라고 할 수 있을까. 아마도 그렇게 단정짓긴 어려운 것이 사실이다. 들고양이의 삶이 들쥐의 죽음을 불러온다 하더라도 이는 "어린 들고양이"의 능동적이고 주체적인 노동에 기초하며 "살기 위한" 노동으로 바라볼 여지가 충분하다. 그럼에도 시인은 이를 "죽이기 위한, 고요한 노동"으로 적시한다. '죽이기 위한'이라는 구절로 말미암아 "어린 들고양이"를 신자유주의적 체제로 "들쥐"를 노동자로 전유하여 바라볼 수 있을지도 모른다. 생산과 발전의 층위에서 노동을 착취와 교묘하게 연동시킬 수 있기 때문이다. 그러나 노동이 근로가 아니라는 점을 염두에 두고 다시 읽는다면 "어린 들고양이"와 "들쥐"를 약육강식의 적대적 지위로 볼 이유는 없다. 이들의 관계는 삶의 수탈이라는 측면에서 우리 모두가 맞닥뜨리고 있는 현실적 노동의 양태를 알레고리적으로 형상화하고 있다고 보는 것이 옳을지도 모른다. 마우리치오 랏자라또가 이야기한 것처럼 신자유주의적 자본주의 체제는 일정한 비율의 임시성, 불안전, 불평등, 빈곤이 있을 때 편안하기 때문에 불평등의 축소나 근절 대신 차이들을 이용하고 그 차이들을 바탕으로 통치한다. 그로 인해 들고양이와 들쥐는 차이에 기반한 적대와 혐오를 본능이라는 층위에서 간주하도록 강제된 채 삶이 아니면 죽음이라는 이분법적 구조로 노동의 개념을 축소하여 사유하고 그리하여 노동 구성원 간의 열린 시선을 가로막혀 연대할 수 없도록 내몰린 상태에 처한다. 어쩌면 우리가 비판적으로 사유해야 할 지점은 "고요한 노동"에 있는지도 모른다. 긴장된 상태, 그 무엇에도 희망을 걸지 못하고 저항하지 않는 상태에 내몰려 불평등과 불의, 부조리함을 내면화한 채 맹목적으로 하루하루의 삶만을 이어가는 저 고요함을 깨뜨릴 필요가 있는 것이다.

## 취약함의 연대

이를 위한 인식의 전환과 노동의 전회의 가능성을 톺는 시가 있다.

수십 년 세월
닳고
헐거워지고
덜그럭거리며

서로 알아들을 수 없던 언어를
서로 알아들을 수 있는 언어로
소통하기까지
함께 늙고 낡아오며

변두리 골목 허다한 삶들의
한 끼 일용할 국수 가락을
뽑아내는
무언환생의 소통을 한다
                      —「몸이 몸을 어루만진다」 부분

이제, 자신이 기계의 부속이 되었다

60년 닳고 닳은
마모된 부속 구할 수 없어
부속마저 교체해줄 수 없는
국수 기계 부속이 되어
밀가루 반죽을 말아주고 있다

자신의 생
다할 때까지
부속이 되어
기계와 함께하고 싶다며

울먹이는 팔순 넘긴 주름 잡힌 노인

— 「울먹이는 저물녘」 부분

시인은 동일한 소재의 시 두 편을 나란히 놓는다. 이 시들은
이번 시집에 실린 여타의 시편들과 사뭇 다르다. 앞에서 본 고
(故) 김용균을 추모하는 시처럼 '분노와 선동과 투쟁'을 외치며
신자유주의적 자본주의 체제의 폭력에 희생된 존재들과 나란
히 서서 "복직투쟁 공장 울타리/하얗게 봄 몸살 앓은"(『찔레꽃 진
다』) "그의 빛바랜 텐트"(『춘하추동』)가 "기습적으로 철거"(『밥줄 뺏긴
자리에 꽃밭이 들어섰다』)되는 모습을 응시하는 한편 "비정규직 노
동으로/해고 노동으로/내몰리고 있"(『시가 되지 않겠습니다』)는 상
황을 고발하고 "해고 노동자/그만 분신자살하고"(『대명천지야!』)만
참혹을 기록하여 "제대로 된 민주를 위해/제대로 된 노동을 위
해/제대로 된 민중을 위해/친미와 친일과 불의와 불평등의/정
치와 권력과 자본과/다시 피 터지게 싸우겠"(『여전히, 님은 민주의
선봉입니다』)다는 다짐을 직접적으로 발화하는 것과는 다른 인식
을 보여준다. 이는 "몸속 깊이/간직하고/남은 생//뿌려질 곳/욕
되게 하지 않고/더럽히지 않는/삶/살아야겠다고/다짐"(『노동』)하
는 시인의 소망 안쪽에 자리한 노동 구성원에 대한 새로운 인식
과 열린 시선에 토대를 두는 것이자 그것을 넘어 타자의 범위를
기계까지 확장하여 연대의 고리를 마련하기 위해 모색하는 수
행적 태도에 가닿는다.

당연하게도 이러한 태도가 이번 시집에서 급작스럽게 등장

한 것은 아니다. 앞에서도 인용했던 시집『몸의 중심』에 실려 있는「저 헌 기계 울고 있네」에서도 시인은 기계에 투사된 노동의 가치를 긍정하며 이를 인간의 노동과 결부시켜 '우리'의 개념을 확장시키고 연대의 범위를 넓히고 있었다. 위에 인용한 두 편의 시는 모두 오랫동안 함께하며 그 시간을 축적해온 "늙은 국수공장 주인"과 "낡은 국수공장 기계"(「몸이 몸을 어루만진다」)의 교감을 그리는 한편 소모되는 존재 간의 소통과 공감을 통해 그 무엇도 배제하거나 소외시키지 않는 삶의 자세를 우리 앞에 펼쳐놓는다. 정세훈 시인은 살기 위한 노동이 인간의 삶만을 위해 수행되는 것이 아니며 삶과 노동을 가능케 하는 다양한 노동 구성인자를 포섭하고 이에 공감함으로써 그 무언가를 죽이기 위한 노동이 될 수 없음을 또한 이야기하고 있는 것이다. 이는 김종삼 시인이「묵화」에서 할머니의 손이 소의 목덜미에 얹혀지는 그 몸의 친밀감을 그려냄으로써 삶을 위한 노동이 불러온 하루의 고단함을 인간의 독점적인 것이 아닌 보편성을 띤 무언가로 전유하고 사유함으로써 공감과 연대의 확장을 불러온 것과 다를 바 없다.

서로가
의지하고 있어서지
부둥켜
한 몸이 되어서지

오직

그것 하나뿐이지

한 그루의 나무와
한 덩이의 바위가
외딴 바닷가
깎아지른 아득한 절벽에서

해풍에 눈비에
굴러떨어지지 않고
한 시절 온전히
버틸 수 있는 것은

　　　　　　　　　　　　　　　　—「절벽에서」 전문

　정세훈 시인이 묘파하고 있는 공감과 연대의 확장은 서로가
서로를 의지하며 부둥켜 버텨주는 모든 존재를 포섭하는 데로
이어진다. 「절벽에서」의 나무와 바위가 상징하고 있는 것을 인
간으로 제한할 이유가 없는 것은 앞에서 본 것과 같이 인간과
기계가 함께한 시간의 축적을 통해서 이미 짐작할 수 있기 때문
이다. 그 어떤 계급적 분화조차 무화시키는 정세훈 시인의 연대
의식은 노동 내부의 분열과 소외를 야기하는 자본의 착취 구조
에 동화되어 스스로를 취약한 위치로 내모는 노동자로 하여금
서로가 서로를 죽이기 위한 노동이 아닌 살기 위한 노동의 자리
에서 함께하기 위해 서로를 타자화하지 않기를 요청한다. "해풍
에 눈비에/굴러떨어지지 않고/한 시절 온전히/버틸 수 있는 것
은" 각각의 존재가 서로를 지탱하고 지지하며 노동 현장을 공

유하며 관계를 성찰하고 네트워크를 회복하는 데에서 비롯되는 것이다. 취약한 존재들 사이의 연결과 유대는 불안정하고 핍진한 삶 속에서 서로가 서로를 의지하고 "부둥켜/한 몸이 되"는 "오직/그것 하나"로부터 시작한다. 시인의 아내가 "세상과 후대에게/노동과 노동문학의 얼과 가치를/전하고 심어주기 위한/노동문학관 건립자금 대출받고 온" 시인에게 "우리 앞으로 더 가난하게 살아야" 하는 사실을 부정하지 않으면서 시인의 마음을 품는 것처럼 말이다(「저녁」). 비록 "자본의 오진(誤診)/재개발 고질병에 의해" "옹기종기 살아온 골목"을 잃고 "하루하루 버티어온 삶"(「골목」)조차 영위하기 어려운 시절을 감당해야 하는 곤궁에 내몰리더라도 "그저, 서로 의지하며, 격려하며, 보듬으며/어렵고 지친 삶을 함께 살아내"(「구조조정」)려는 노력을 멈춰서는 안 될 것이다.

## 더불어 나눠 키워내는 희망

정세훈 시인이 이러한 인식론적 전회에 이르기까지, "저토록 고요히 흐르기까지 그 얼마나 많은 것들을 휩쓸고 왔을"(「강심」)지 짐작이 된다. 범일기업, 대조산업, 동양전기, 신명공업, 창신금속 "등에서 12시간 맞교대 주야간 노동"을 하며 보낸 인천에서의 25년 삶(「인천의 흔적」)은 이를 뚜렷하게 보여준다. 고된 노동의 흔적이 시인에게 진폐증을 남겼듯이 신자유주의적 자본주의가 만든 착취의 메커니즘은 그 모습을 달리해 "주상복합 아파트 단지"(「힐끗」)로 상징되는 욕망의 메커니즘과 온갖 기술들을 통한 플랫폼 노동, 그림자 노동을 비롯하여 자기 착취를 야기하는 성과주의 및 금융 시스템으로 전이되어 통치기술을 발달시켰으며 그 위력을 행사하고 있다. 이런 상황에서 노동 해방은 고사하고 노동자의 권리를 찾는 것도 요원하게만 보인다. 그럴수록 우리에게 요청되는 것이 앞에서 읽은 정세훈 시인의 시편들이 보여준 바와 같이 공동적인 것을 회복하려는 소박한 공동체를 구축하는 것이라 할 수 있다.

일용할 양식을 위해
땀을 흘려 일한 후

밥상을 가운데 두고
식구들과 함께
오순도순 둘러앉아
따습게 먹는

한 대접의 뜨거운 국과
한 접시의 소박한 반찬과
한 그릇의 김이 나는 밥

먹고 난 후
참 잘 먹었다 위로받는

부담 없는 밥

　　　　　　　　　　—「밥다운 밥」 전문

어쩌면 노동문학의 진수는 적극적 투쟁을 촉구하는 목적론적인 양태가 아닌 소시민적 존재의 연대와 포용 그리고 나눔에 있는 것인지도 모르겠다. 이는 꽃다발을 손에 들고 "미안하다//내가 오늘/돈으로/널/샀다는 것이"(「꽃다발」)라고 사과하며 돈으로, 자본으로 소비되는 존재의 타자성을 인식하고 이를 반성적으로 사유하는 데에서 비롯하는 것일 테다. 섣부르게 극복의 서사를 이야기하거나 가열찬 투쟁의 목소리를 통해 변혁을 위한 행동을 촉구하는 것은 또 다른 기만으로 존재를 내몰 위험이 농후하다. 물론 매일 퇴근하지 못하는 두 명의 노동자를 위해 일터에서 벌어지는 죽음을 고발하고 이를 사회적 기억으로 만드는 문학적 수행은 필요하다. 사람다운 세상과 인간다운 세상을 위한 투쟁의 목소리가 7, 80년대 노동문학에 머물러 있어야 하는 것은 아니기 때문이다. "헛바람처럼 휘둘러오는 권력 앞에/꺼지지 말자고/서로가 서로의 심지 깊은 심지에/불붙여주며" "역사의 진실을 만들"(「광장의 시」)기 위한 노력을 게을리해선 안 된다. 1971년의 열일곱 동료의 죽음을 비롯해 제2, 제3의 김용균을 만들어내는 세계가 여전하기 때문이다.

그러나 이를 위해 선행해야 할 것이 있음을 정세훈 시인은 말하고 있다. 그것은 공동적인 것의 회복을 위한 위안의 공동체를 굳건히 다지는 일이다. "한 대접의 뜨거운 국과/한 접시의 소박한 반찬과/한 그릇의 김이 나는 밥"을 나누는 일이 그것이다. 혈연 중심의 가족을 넘어 음식을 나누는 식구(食口)로의 확장. "부담 없는 밥"을 나눔으로써 "밥다운 밥"의 위안을 공유하며 공동의 가치가 어디에 있는지를 살피는 태도. "흔치 않아도" 기꺼이 상대에게 물을 "퍼주는" 마음의 환대(「달동네」). 종일 "손가락질 받"으며 모은 "동냥 모두를" "걸인 노파 동냥그릇에 담아놓고" 가는 "젊은 거렁뱅이"의 행동(「미소」). 이러한 이타적 수행성이야말로 정세훈 시인이 『고요한 노동』을 통해 우리에게 요청하는 삶의 지향이라 할 수 있겠다.

현실의 불평등과 불의, 부조리함을 끌어안아 집요하게 발언하고자 하는 정세훈 시인은 여전히 신자유주의적 자본주의의 착취에 "저항하고 투쟁할 수밖에 없는"(「그 이유를 말해주마」) 이유를 시로써 증명하고 있다. 그러나 그것이 과거의 노동시를 답습하는 방식이 아님을 우리는 알고 있다. 시인은 타자를 죽이기위한 방식을 강제하는 세계의 부조리를 비판하며 더불어 살기위한 방식으로 공동체적 노동의 가능성을 모색한다. "먹다 남은 찬밥 한 술 제대로/상대편에게 나눠줄 줄을 모"(「밥통」)르는 세계의 폭력에 맞서 정세훈 시인은 "언젠가는 저 죽은 몸통 아래/내밀한 뿌리로부터/애틋한 사랑을 담은/새싹 하나 다시 틔워내"(「고사목」)려 한다. 그 싹을 키워 봄꽃으로 빛날 날로 잇는 것은 이제 우리의 몫이다.

李秉國 | 시인, 문학평론가

131

## 푸른사상 시선

1 **광장으로 가는 길** | 이은봉 · 맹문재 엮음
2 **오두막 황제** | 조재훈
3 **첫눈 아침** | 이은봉
4 **어쩌다가 도둑이 되었나요** | 이봉형
5 **귀뚜라미 생포 작전** | 정원도
6 **파랑도에 빠지다** | 심인숙
7 **지붕의 등뼈** | 박승민
8 **살찐 슬픔으로 돌아다니다** | 송유미
9 **나를 두고 왔다** | 신승우
10 **거룩한 그물** | 조항록
11 **어둠의 얼굴** | 김석환
12 **영화처럼** | 최희철
13 **나는 너를 닮고** | 이선형
14 **철새의 일인칭** | 서상규
15 **죽은 물푸레나무에 대한 기억** | 권진희
16 **봄에 덧나다** | 조혜영
17 **무인 등대에서 휘파람** | 심창만
18 **물결무늬 손뼈 화석** | 이종섶
19 **맨드라미 꽃눈** | 김화정
20 **그때 나는 학교에 있었다** | 박영희
21 **달함지** | 이종수
22 **수선집 근처** | 전다형
23 **족보** | 이한걸
24 **부평 4공단 여공** | 정세훈
25 **음표들의 집** | 최기순
26 **나는 지금 운전 중** | 윤석산
27 **카페, 가난한 비** | 박석준
28 **아내의 수사법** | 권혁소
29 **그리움에는 바퀴가 달려 있다** | 김광렬
30 **올랜도 간다** | 한혜영
31 **오래된 숯가마** | 홍성운
32 **엄마, 엄마들** | 성향숙
33 **기룬 어린 양들** | 맹문재
34 **반국 노래자랑** | 정춘근
35 **여우비 간다** | 정진경
36 **목련 미용실** | 이순주
37 **세상을 박음질하다** | 정연홍
38 **나는 지금 외출 중** | 문영규

39 **안녕, 딜레마** | 정운희
40 **미안하다** | 육봉수
41 **엄마의 연애** | 유희주
42 **외포리의 갈매기** | 강 민
43 **기차 아래 사랑법** | 박관서
44 **괜찮아** | 최은묵
45 **우리집에 왜 왔니?** | 박미라
46 **달팽이 뿔** | 김준태
47 **세온도를 그리다** | 정선호
48 **너덜겅 편지** | 김 완
49 **찬란한 봄날** | 김유섭
50 **웃기는 짬뽕** | 신미균
51 **일인분이 일인분에게** | 김은정
52 **진뫼로 간다** | 김도수
53 **터무니 있다** | 오승철
54 **바람의 구문론** | 이종섶
55 **나는 나의 어머니가 되어** | 고현혜
56 **천만년이 내린다** | 유승도
57 **우포늪** | 손남숙
58 **봄들에서** | 정일남
59 **사람이나 꽃이나** | 채상근
60 **서리꽃은 왜 유리창에 피는가** | 임 윤
61 **마당 깊은 꽃집** | 이주희
62 **모래 마을에서** | 김광렬
63 **나는 소금쟁이다** | 조계숙
64 **역사를 외다** | 윤기묵
65 **돌의 연가** | 김석환
66 **숲 거울** | 차옥혜
67 **마네킹도 옷을 갈아입는다** | 정대호
68 **별자리** | 박경조
69 **눈물도 때로는 희망** | 조선남
70 **슬픈 레미콘** | 조 원
71 **여기 아닌 곳** | 조항록
72 **고래는 왜 강에서 죽었을까** | 제리안
73 **한생을 톡 토독** | 공혜경
74 **고갯길의 신화** | 김종상
75 **고개 숙인 모든 것** | 박노식
76 **너를 놓치다** | 정일관

77 눈 뜨는 달력 | 김 선
78 거꾸로 서서 생각합니다 | 송정섭
79 시절을 턴다 | 김금희
80 발에 차이는 돌도 경전이다 | 김윤현
81 성규의 집 | 정진남
82 번함 공원에서 점을 보다 | 정선호
83 내일은 무지개 | 김광렬
84 빗방울 화석 | 원종태
85 동백꽃 편지 | 김종숙
86 달의 알리바이 | 김춘남
87 사랑할 게 딱 하나만 있어라 | 김형미
88 건너가는 시간 | 김황흠
89 호박꽃 엄마 | 유순예
90 아버지의 귀 | 박원희
91 금왕을 찾아가며 | 전병호
92 그대도 내겐 바람이다 | 임미리
93 불가능을 검색한다 | 이인호
94 너를 사랑하는 힘 | 안효희
95 늦게나마 고마웠습니다 | 이은래
96 버릴까 | 홍성운
97 사막의 사랑 | 강계순
98 베트남, 내가 두고 온 나라 | 김태수
99 다시 첫사랑을 노래하다 | 신동원
100 즐거운 광장 | 백무산 · 맹문재 엮음
101 피어라 모든 시냥 | 김자흔
102 염소와 꽃잎 | 유진택
103 소란이 환하다 | 유희주
104 생리대 사회학 | 안준철
105 동태 | 박상화
106 새벽에 깨어 | 여국현
107 씨앗의 노래 | 차옥혜
108 한 잎 | 권정수
109 촛불을 든 아들에게 | 김창규
110 얼굴, 잘 모르겠네 | 이복자
111 너도꽃나무 | 김미선
112 공중에 갇히다 | 김덕근
113 새점을 치는 저녁 | 주영국
114 노을의 시 | 권서각
115 가로수의 수학 시간 | 오새미
116 염소가 아니어서 다행이야 | 성향숙
117 마지막 버스에서 | 허윤설
118 장생포에서 | 황주경
119 흰 말채나무의 시간 | 최기순
120 을의 소심함에 대한 옹호 | 김민휴
121 격렬한 대화 | 강태승
122 시인은 무엇으로 사는가 | 강세환
123 연두는 모른다 | 조규남
124 시간의 색깔은 자신이 지향하는 빛깔로 간다 | 박석준
125 뼈의 노래 | 김기홍
126 가끔은 길이 없어도 가야 할 때가 있다 | 정대호
127 중심은 비어 있었다 | 조성웅
128 꽃나무가 중얼거렸다 | 신준수
129 헬리패드에 서서 | 김용아
130 유랑하는 달팽이 | 이기헌
131 수제비 먹으러 가자는 말 | 이명윤
132 단풍 콩잎 가족 | 이 철
133 먼 길을 돌아왔네 | 서숙희
134 새의 식사 | 김옥숙
135 사북 골목에서 | 맹문재
136 왜 네가 아니면 전부가 아닌지 | 정운희
137 멸종위기종 | 원종태
138 프엉꽃이 데려온 여름 | 박경자
139 물소의 춤 | 강현숙
140 목포, 예말이요 | 최기종
141 식물성 구체시 | 고 원
142 꼬치 아파 | 윤임수
143 아득한 집 | 김정원
144 여기가 막장이다 | 정연수
145 곡선을 기르다 | 오새미
146 사랑이 가끔 나를 애인이라고 부른다 | 서화성
147 더글러스 퍼 널빤지에게 | 백수인
148 나는 누구의 바깥에 서 있는 걸까 | 박은주
149 풀이라서 다행이다 | 한영희
150 가슴을 재다 | 박설희
151 나무에 기대다 | 안준철
152 속삭거려도 다 알아 | 유순예
153 중딩들 | 이봉환
154 수평은 동무가 참 많다 | 김정원
155 황금 언덕의 시 | 김은정
156 고요한 세계 | 유국환
157 마스카라 지운 초승달 | 권위상
158 수궁가 한 대목처럼 | 장우원

159 목련 그늘 ︱ 조용환

160 그대라면, 무슨 부탁부터 하겠는가 ︱ 박경조

161 동행 ︱ 박시교

162 광부의 하늘이 무너졌다 ︱ 성희직

163 천년에 아흔아홉 번 ︱ 김려원

164 이별 후에 동네 한 바퀴 ︱ 이인호

165 무릉별유천지 사람들 ︱ 이애리

166 오늘의 지층 ︱ 조숙향

167 오른쪽 주머니에 사탕 있는 남자 찾기 ︱ 김임선

168 소리들 ︱ 정 온

169 울음의 기원 ︱ 강태승

170 눈 맑은 낙타를 만났다 ︱ 함진원

171 도살된 황소를 위한 기도 ︱ 김옥성

172 그날의 빨강 ︱ 신수옥

173 의지와 표상으로서의 세계이니 ︱ 박석준

174 촛불 하나가 등대처럼 ︱ 윤기묵

175 목을 꺾어 슬픔을 죽이다 ︱ 김이하

176 미시령 ︱ 김 림

177 소나무 방정식 ︱ 오새미

178 골목 수집가 ︱ 추필숙

179 지워진 길 ︱ 임 윤

180 달이 파먹다 남은 밤은 캄캄하다 ︱ 조미희

181 꽃도 서성일 시간이 필요하다 ︱ 안준철

182 안산행 열차를 기다린다 ︱ 박봉규

183 읽기 쉬운 마음 ︱ 박병란

184 그림자를 옮기는 시간 ︱ 이미화

185 햇볕 그 햇볕 ︱ 황성용

186 내가 지켜내려 했던 것들이 나를 지키고 ︱ 김용아

187 신을 잃어버렸어요 ︱ 이성혜

188 웃음과 울음 사이 ︱ 윤재훈

189 그 길이 불편하다 ︱ 조혜영

190 귤과 달과 그토록 많은 날들 속에서 ︱ 홍순영

191 버려진 말들 사이를 걷다 ︱ 봉윤숙

192 나는 그를 지우지 못한다 ︱ 정원도

193 시인 안에 북적이는 찌꺼기들 ︱ 최일화

194 세렝게티의 자비 ︱ 전해윤

195 고양이의 저녁 ︱ 박원희

196 고요한 세상의 쓸쓸함은 물밑 한 뼘 어디쯤일까 ︱ 금시아

197 순포라는 당신 ︱ 이애리